KB035873

귀 큰 토끼의 고민 상담소

SEOUL, 2019

귀 큰 토끼의 고민 상담소

초판 제1쇄 발행일 2019년 7월 10일
초판 제9쇄 발행일 2022년 3월 20일
글 김유 그림 윤예지
발행인 박헌용, 윤호권 발행처 (주)시공사
주소 서울시 성동구 상원1길 22, 6-8층 (우편번호 04779)
대표전화 02-3486-6877 팩스(주문) 02-585-1247
홈페이지 www.sigongsa.com/www.sigongjunior.com

ISBN 978-89-527-8963-1 74810
ISBN 978-89-527-5579-7 (세트)

이 도서는 한국출판문화산업진흥원 '2019년 우수출판콘텐츠 제작 지원' 사업 선정작입니다.
*시공사는 시공간을 넘는 무한한 콘텐츠 세상을 만듭니다.
*시공사는 더 나은 내일을 함께 만들 여러분의 소중한 의견을 기다립니다.
*잘못 만들어진 책은 구입하신 곳에서 바꾸어 드립니다.

귀 큰 토끼의 고민 상담소

김유 글 · 윤예지 그림

시공주니어

책 처방전

혼자라서 외로운 친구들에게
밤마다 잠을 못 자는 친구들에게
뚱뚱하다고 놀림받는 친구들에게
좀 느리다고 야단맞는 친구들에게
모든 게 마음에 들지 않는 친구들에게
나만 못생겼다고 생각하는 친구들에게
맨날맨날 걱정 때문에 걱정인 친구들에게
이 책을 처방합니다.

책 처방사 김유

차례

1.
친구가 필요해

귀 큰 토끼는 늘 혼자 놀았어.

"친구랑 놀면 더 재미있을 텐데."

귀 큰 토끼는 혼잣말도 많이 했어.

"나는 왜 친구가 없을까?"

그러다 탁자 유리에 비친 두 귀를 보았어.

"귀가 커서 친구들이 나를 싫어하나?"

귀 큰 토끼는 작은 소리도 잘 들었어. 어제는 바람 소리를 듣고 비를 피했어. 오늘은 바스락대는 벌레 소리를 듣고 창문을 열어 주었지.

"나는 귀가 커서 잘 들을 수 있는데……."

언젠가 옆집 아이가 엄마한테 혼나서 슬퍼할 때도, 뒷집 아이가 혼자서 심심해할 때도 이야기를 들어 주었어.

그때 좋은 생각이 번뜩 떠올랐어. 기분이 좋아진 귀 큰 토끼는 작은 나무판자 하나를 주워 왔어. 그리고 누구나 볼 수 있게, 누구나 알 수 있게 또박또박 글자를 적었지.

귀 큰 토끼는 문 앞에 나무판자를 걸었어.

“친구가 많이 찾아오면 좋겠다.”

상상만으로도 즐거웠어. 하지만 곧 고개를 갸웃거렸지.

“근데 누가 자기 고민을 털어놓으려고 할까?”

원래 고민이란 건 마음속에 꼭꼭 숨어 있다

끙끙 앓게 하는 거잖아. 혼자만의 비밀처럼 말이야. 마음이 아프다 몸까지 아파지기도 하고.

귀 큰 토끼는 다시 시무룩해졌어.

"아무도 오지 않을 것 같아."

그래도 혹시나 하는 마음에 나무판자를 떼지는 않았어.

똑똑.

다음 날 누군가 문을 두드렸어. 아직 아침 해가 뜨기 전이었지.

똑똑똑.

또다시 문을 두드렸어.

"누구세요?"

귀 큰 토끼가 조심스레 물었어.

"나, 고민이 있어서."

누군가가 문에 바짝 다가와 소곤댔어. 귀 큰

토끼는 깜짝 놀랐지. 어제 걸어 둔 나무판자가 떠올랐거든.

"내가 너무 일찍 왔니?"

누군가가 힘없이 말했어.

"아, 아니야. 잠깐만."

귀 큰 토끼는 거울을 보며 옷매무새를 가다듬었어.

2.
밤에
잠이 안 와

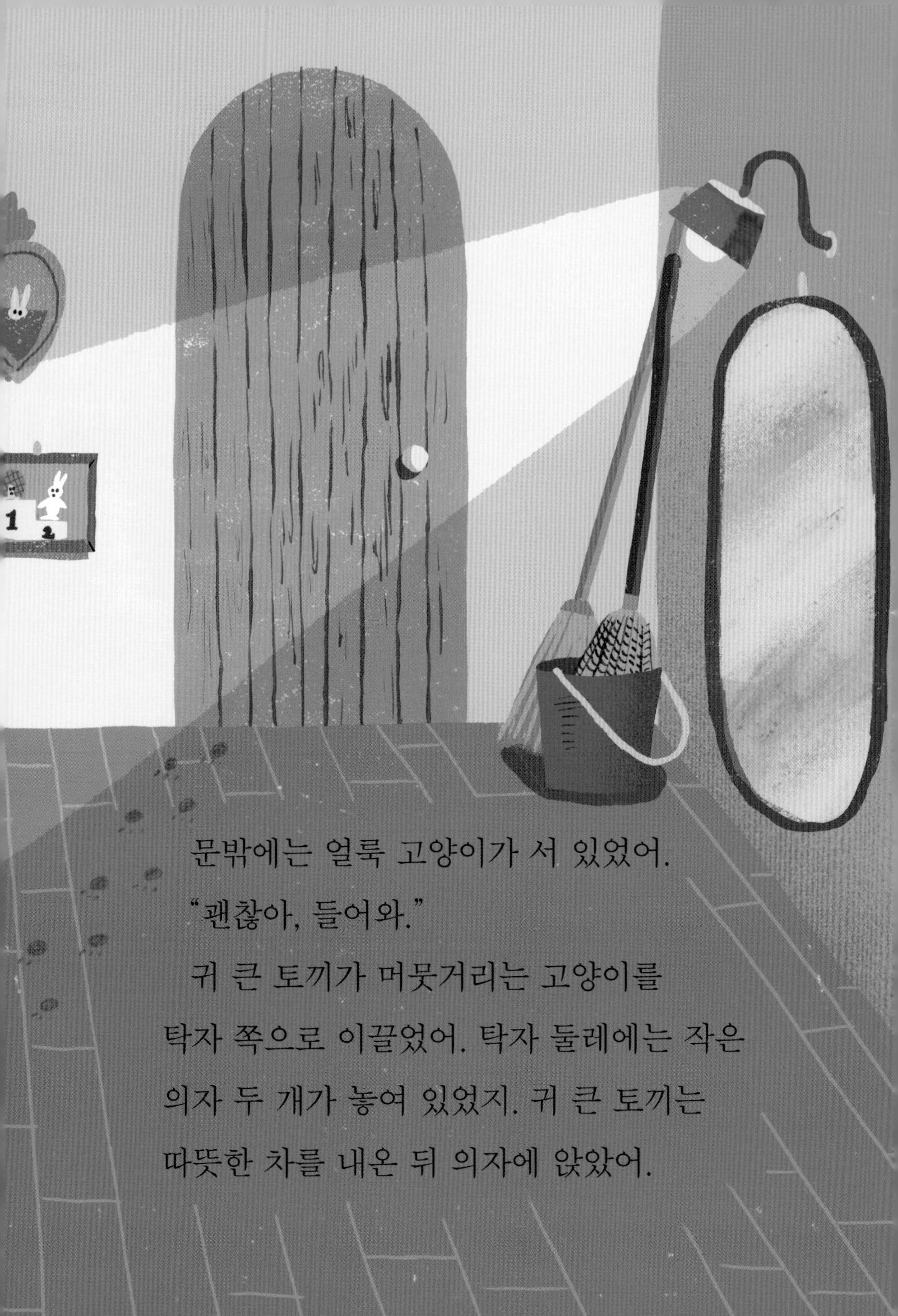

문밖에는 얼룩 고양이가 서 있었어.

"괜찮아, 들어와."

귀 큰 토끼가 머뭇거리는 고양이를 탁자 쪽으로 이끌었어. 탁자 둘레에는 작은 의자 두 개가 놓여 있었지. 귀 큰 토끼는 따뜻한 차를 내온 뒤 의자에 앉았어.

"밤새 무슨 일이라도 있었어?"

귀 큰 토끼가 묻자, 고양이가 기다렸다는 듯 이야기를 시작했어.

"나는 밤에 잠이 안 와. 어젯밤에도 마을을 어슬렁대다 너희 집 문 앞에 적힌 글자를 봤어."

"그랬구나. 그런데 고양이들이 밤에 잠을 안 자는 건 당연하지 않아?"

"그렇긴 한데, 밤에 안 자고 돌아다니니까 다른 동물들이 싫어하는 것 같아. 한번은 쓰레기통에서 쓸 만한 것들을 찾다가 도둑고양이로 오해만 받았지 뭐야."

고양이가 시무룩하게 말했어.

"많이 속상했겠구나."

"다들 잠을 자는 밤에는 할 일이 많지 않아. 떠들 수도 없고 노래를 할 수도 없고."

고양이의 말을 듣고 귀 큰 토끼는 가만 생각에

잠겼어. 그러다 손뼉을 치며 말했지.

"이야기를 써 보면 어때?"

"이야기?"

고양이가 되물었어.

"다른 동물들은 밤에 무슨 일이 있었는지 궁금할 거야. 고양이 네가 밤에 보고 듣고 느낀 것들을 이야기로 쓰는 거지."

"아, 쓰레기 더미를 뒤지는 대신 이야기 더미를 만들라는 거구나?"

고양이가 눈을 반짝이며 물었어. 귀 큰 토끼는 고개를 끄덕이고는 종이에 글자를 쓱쓱 적었지.

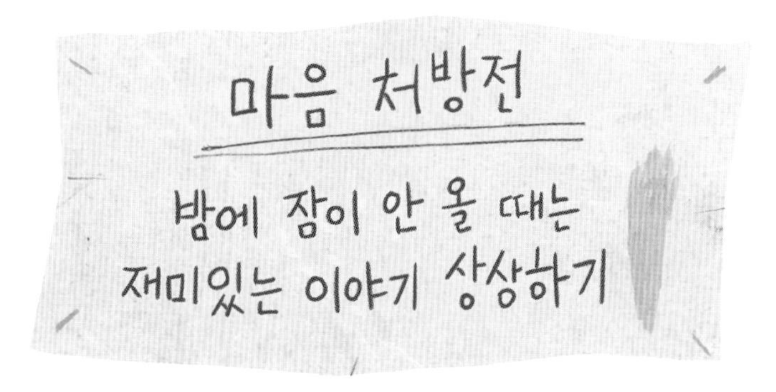

귀 큰 토끼가 고양이한테 '마음 처방전'을 건넸어.

"처방전? 와, 의사 선생님 같아."

고양이가 환하게 웃었어.

"나는 의사 선생님이 아니지만, 마음이 힘들 때도 처방전이 있으면 좋을 거 같아서."

귀 큰 토끼가 쑥스러운 듯 귀를 긁적였어.

"응, 잘 갖고 있을게. 이건 배고플 때 먹어."

고양이가 가방에서 당근을 꺼내 내밀었어.

"고마워. 우리 친구……."

귀 큰 토끼가 말을 다 하기도 전에 고양이가 자리에서 일어났어.

"이제 너무 졸리다. 그만 가 봐야겠어."

고양이는 눈을 비비며 돌아갔지.

그날 밤 고양이는 귀 큰 토끼의 말대로 재미있는 이야기를 상상했어. 달빛 아래 앉아 밤에 울리는 소리를 듣고, 큭큭 웃음이 나는 생각을 덧붙였어.

그렇게 떠오른 이야기는 공책에 옮겨 적었지. 상상 속에 푹 빠지다 보니, 어느새 잠에 빠져 꿈나라까지 여행할 수 있었어.

귀 큰 토끼는 다시 혼자가 되었어. 고양이한테 친구 하자는 말은 못 했지만, 고양이의 고민도 덜어 주고 당근도 얻게 되어 기뻤어. 앞으로도 누군가 찾아와 고민을 털어놓는다면 잘 들어 줘야겠다고 생각했지. 그래서일까? 귀를 쫑긋 세웠더니 왠지 귀가 좀 더 커진 것 같았어.

3. 뚱뚱해서 슬퍼

"내 이야기도 들어 줄 수 있니?"

동글동글 돼지가 문 앞에서 물었어.

"그럼! 어서 들어와."

귀 큰 토끼가 대답하자, 돼지는 몹시 슬픈 얼굴로 들어섰어.

"고민을 털어놓을 데가 없어서."

돼지는 의자에 앉자마자 엉엉 울었어.

“나는 뚱뚱해서 너무 슬퍼.”

귀 큰 토끼가 손수건을 건넸어.

“많이 힘든가 보구나.”

“뚱뚱하다고 애들이 자꾸 놀려.”

돼지는 콧물까지 훌쩍이며 울었어.

“뚱뚱한 건 잘못이 아니야. 그리고 삐쩍 마른 돼지는 돼지답지 않아.”

귀 큰 토끼의 말에 돼지가 눈물 콧물을 닦았어.

“정말? 그럼 계속 많이 먹어도 될까?”

귀 큰 토끼가 고개를 끄덕였어.

“욕심내지 않고 잘 먹으면 더 좋지. 진짜 멋진 돼지는 몸도 마음도 동글동글하거든.”

“마음이 동그란 건 어떤 건데?”

“서로 나눌 줄 아는 거지.”

“나눠 먹으면 금방 배고파질 텐데?”

“그렇지 않아. 조금만 먹어도 배가 부르는
마법 같은 일이 일어나거든.”

“와, 정말 행복하겠다.”

돼지는 콧구멍을 벌렁대며 상상에 빠졌어.

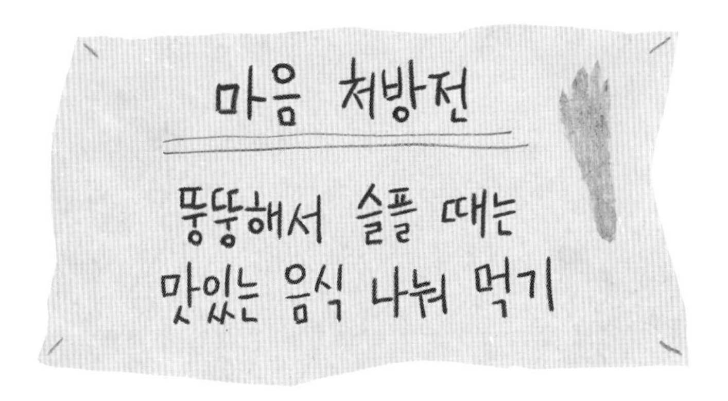

귀 큰 토끼는 돼지한테도 마음 처방전을 주었어.
그러자 돼지가 주머니에서 주섬주섬 당근을
꺼냈어.

“내 이야기를 들어 줬으니까 이건 너 먹어.”

“고마워. 우리 친구…….”

귀 큰 토끼가 말을 다 하기도 전에 돼지는 자리에서 일어났어.

"네 말대로 친구들이랑 간식을 나눠 먹어야겠어. 그만 가 볼게."

돼지는 엉덩이를 씰룩이며 돌아갔어.

집으로 가는 길에 돼지는 학교 앞을 지났어. 친구들이 모여 놀고 있었지. 돼지는 주머니에서 치즈 소시지를 꺼내 다가갔어.

"우리 이거 같이 먹자."

그 말에 친구들이 놀랐어.

"네가 웬일이야?"

"나눠 먹으면 더 맛있을 거 같아서."

돼지는 치즈 소시지를 사이좋게 나눠 먹었어. 귀 큰 토끼가 말한 대로 조금 먹었을 뿐인데 배가 빵빵해지는 것 같았어.

"우리 같이 놀래?"

친구들이 묻자, 돼지는 치즈 소시지를 혼자 다 먹었을 때보다 더 행복한 얼굴로 외쳤어.

"응, 좋아!"

돼지는 친구들과 서로 꼬리 잡기를 하며 뱅글뱅글 신나게 놀았지.

돼지가 돌아간 뒤, 귀 큰 토끼는 의자에 기대어 앉았어. 이야기를 잘 들으려고 집중했더니 조금 힘이 들었어. 그래도 웃으며 돌아간 돼지를 떠올리자 기분이 좋아졌어.

그 뒤에도 또 그 뒤에도 동물들은 고민을 안고 귀 큰 토끼를 찾아왔어. 그런데 동물들의 이야기를 들어 줄수록 귀 큰 토끼의 귀가 자꾸만 커지는 게 아니겠어! 자로 재지 않으면 알 수 없을 만큼 조금씩 조금씩 말이야. 거울 앞에 섰을 때도 귀가 반쪽밖에 보이지 않았어.

"거울이 삐뚤어졌나?"

귀 큰 토끼는 거울을 떼어 다시 걸려고 했어. 하지만 바로 그때 또 누군가가 찾아왔어.

4. 느린 건 싫어

"토, 끼, 야."

귀 큰 토끼는 목소리만 듣고도 누군지 알 수 있었어. 문을 열며 반갑게 인사했지.

"거북아, 오랜만이야."

"정, 말, 오, 랜, 만, 이, 야."

느릿느릿 거북이가 느릿느릿 말했어.

"무슨 고민이라도 있어?"

귀 큰 토끼가 물었어.

"응, 너, 도, 벌, 써, 아, 는, 거, 지, 만."

거북이는 몹시 서둘러도 무척 느렸어. 엉금엉금 기어 안으로 들어왔지.

"천천히 해도 돼."

귀 큰 토끼가 말했지만, 거북이는 여전히 서둘렀어. 그리고 마침내 의자에 앉았어.

"우리 달리기 시합 끝나고 처음 만나는 거지?"

귀 큰 토끼는 전에 있었던 달리기 시합을 떠올렸어. 느린 거북이가 날쌘 토끼한테 지는 건 안 봐도 뻔한 결과였어. 하지만 짓궂은 동물들이 직접 봐야 믿을 수 있다며 시합을 부추겼어. 그런데 결과는? 놀랍게도 거북이가 토끼를 이겼어! 구경하던 동물들은 너무 놀라 입을 쩍 벌리고 말았지.

“내, 가, 이, 긴, 건, 나, 도, 믿, 기, 지, 않, 았, 어.”

“네가 열심히 달렸으니 이기는 건 당연해.”

사실 그날을 생각하면 귀 큰 토끼는 좀 억울했어.

“나는 잠든 게 아니라, 작은 벌레들이랑 꽃나무들이 하는 말에 귀 기울이고 있었는데…….”

다들 오해를 했어. 귀 큰 토끼가 그늘에서 잠을 자느라 진 거라고 말이야.

“그, 래, 도, 넌, 빠, 른, 토, 끼, 잖, 아. 난, 느, 림, 보, 거, 북, 이, 고.”

다른 동물들도 거북이를 ‘느림보’라며 놀렸어. 어쩌다 달리기 시합은 이겼지만, 그 뒤 거북이는 뭘 해도 느렸으니까.

거북이 눈에서 눈물 한 방울이 또르르 떨어졌어.

“빠르다고 다 좋은 건 아니야.”

“빠, 르, 면, 좋, 을, 것, 같, 아.”

“천천히 하다 보면 아무도 보지 못한 걸 발견할

때가 있어.”

“아, 아! 나, 그, 런, 적, 있, 어.”

거북이는 비 오던 어느 날을 떠올렸어. 갑자기 주룩주룩 쏟아지는 소낙비를 피하려고 모두 쌩쌩 달려갔지. 거북이 혼자 느릿느릿 비 사이를 걸었어. 비를 맞으며 거북이는 생각했어.

'빗, 방, 울, 모, 양, 이, 다, 달, 라.'

둥근 빗방울, 넓적한 빗방울, 뾰족한 빗방울……. 천천히 바라보니 모양이 다 달랐어. 게다가 콧등에 떨어질 때, 어깨에 떨어질 때, 등 위에 떨어질 때 소리가 다 달랐어.

"빨, 리, 가, 버, 렸, 다, 면, 빗, 방, 울, 은, 다, 똑, 같, 다, 고, 생, 각, 했, 을, 거, 야."

"거봐, 천천히 할 때 좋은 게 있잖아."

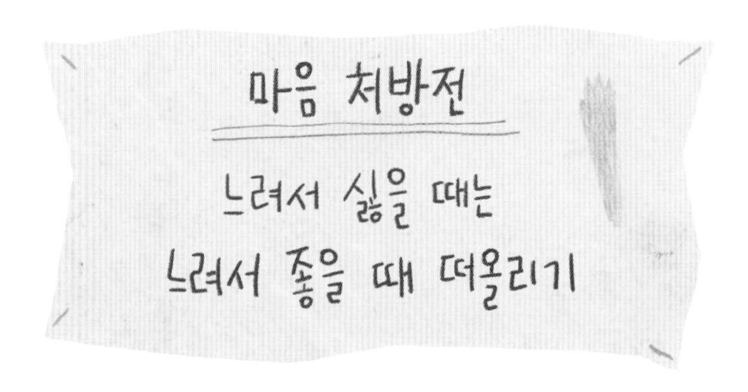

귀 큰 토끼는 거북이한테도 마음 처방전을 주었어.

"한, 번, 해, 볼, 게."

거북이가 귀 큰 토끼한테 당근을 건넸어. 누가 말하지 않아도 다들 이야기 값으로 당근을 챙겨 왔지.

"고마워. 우리 친구……."

갑자기 바람이 훅 불어와 탁자에 올려 둔 종이들이 이리저리 날렸어. 귀 큰 토끼는 말을 맺지 못하고 재빨리 창문을 닫아야 했지. 그사이 거북이도 자리에서 일어났어.

"더, 있, 으, 면, 오, 늘, 안, 에

집, 에, 못, 갈, 지, 도, 몰, 라. 그, 만, 가, 볼, 게.”

거북이는 느릿느릿 돌아갔어.

집으로 가는 길은 멀었지만 거북이는 서두르지 않았어. 하늘도 나무도 땅도 둘러보며 천천히 걸었어. 그러다 발밑에서 반짝 빛나는 무언가를 발견했어. 그건 어제 거북이가 잃어버린 단추였어.

“여, 기, 있, 었, 구, 나. 이, 것, 도, 느, 려, 서, 좋, 은, 것, 에, 추, 가, 해, 야, 겠, 어.”

거북이의 발걸음은 여전히 느렸지만 그 어느 때보다 가벼웠어.

그날 귀 큰 토끼는 똥을 누러 갈 시간도, 당근을 먹을 시간도 없었어. 동물들이 줄지어 찾아와 문을 두드렸거든.

서울에서 전학 온 생쥐부터 머리털이 삐죽빼죽 제멋대로인 사자까지 귀 큰 토끼한테 고민을 털어놓고 싶어 했어. 귀 큰 토끼는 귀를 쫑긋 세우고 이야기를 들었어. 그때마다 귀 큰 토끼의 귀는 점점 커졌지.

늦은 밤이 되어서야 귀 큰 토끼는 귀를 늘어뜨린 채 침대에 누웠어. 그런데 이 일을 어째! 귀 큰 토끼의 귀가 침대 밖을 넘어 마룻바닥까지 닿는 게 아니겠어. 물론 귀 큰 토끼는 너무 피곤해서 전혀 알아채지 못했지만 말이야.

5.
다 마음에 안 들어

귀 큰 토끼가 작은 의자에 앉아
아작아작 당근을 먹을 때였어.
무언가가 창을 넘어 톡 튕겨 들어왔지.
"엇, 밤송이네."
귀 큰 토끼는 뾰족뾰족한 것을 가만히
바라보았어.

"밤송이라니!"

가시가 잔뜩 돋은 고슴도치가 버럭 소리쳤어.

"밤나무에서 밤송이가 떨어진 줄 알았어."

"나는 저 땅속에서부터 뛰어왔다고! 왜? 나는 여기에 오면 안 되니?"

고슴도치의 말에 가시가 돋아 있었어.
고슴도치는 언제나 뾰족뾰족한 말로 다른 동물들을 콕콕 찌르곤 했어. 뭐든 눈엣가시처럼 보였으니까.

"아니야, 반가워. 그런데 고슴도치야, 뭐 마음에 안 드는 일이라도 있었니?"

그제야 고슴도치가 눈에 힘을 풀고 말했어.

"당연하지. 난 세상 모든 게 다 마음에 안 들어."

"저런! 하나씩 말해 봐."

"오늘 아침 햇살 말이야."

"햇살이 왜?"

"너무 눈부시게 밝았어. 내 땅속 집까지 파고들 만큼!"

"그래, 해바라기하기 딱 좋았어."

"뭐라고? 이건 하늘이 빛을 싫어하는 동물들을 골탕 먹이려는 거야. 마음에 안 든다고!"

고슴도치가 눈을 치켜떴어.

"그리고 말이야, 우리 옆집에 두더지라는 녀석이 살아. 그 녀석이 하루에도 얼마나 자주 들락날락하는지, 내가 겨울잠을 잘 수가 없었다니까. 정말 마음에 안 들어!"

"일부러 그런 건 아닐 거야. 볼일이 있어서 그랬겠지."

귀 큰 토끼가 말하자, 고슴도치가 쏘아붙였어.

"넌 그 정신없는 두더지 편이니?"

"난 누구 편도 아니야. 그저 고슴도치 네 마음이 편안해지면 좋겠어."

고슴도치는 가시 돋은 제 가슴을 탕탕 쳤어.

“눈에 보이는 것마다 못마땅하단 말이야.”

귀 큰 토끼가 고슴도치의 손을 잡아 주었어.

“마음먹기에 따라 달라져. 입장을 바꿔서 생각해 봐.”

“칫, 누구 좋으라고 내가 생각까지 바꿔!”

“고슴도치 너를 위해서.”

“나를 위해서?”

“마음에 안 드는 게 많을수록 고슴도치 네 마음의 문도 꼭꼭 닫힐 거야. 마음의 문이 닫히면 춥고 슬퍼. 너한테 그런 일이 안 일어나면 좋겠어.”

귀 큰 토끼가 말했고, 고슴도치가 훌쩍였어.

“실은 좀 그랬어. 춥고 슬프고…… 세상에 나 혼자뿐이라는 생각이 들었어.”

“앞으로는 좋은 생각과 좋은 말을 많이 해 봐. 네 마음도 따뜻해질 거야.”

마음 처방전

마음에 안 드는 게 있을 때는
입장 바꿔 생각하기
그리고 예쁘게 보기

귀 큰 토끼가 마음 처방전을 건넸어.

"잘될지는 모르겠지만 해 보지 뭐."

고슴도치는 등에 지고 온 작은 당근을 내밀었어.

"고마워. 우리 친구……."

귀 큰 토끼가 말을 다 하기도 전에 고슴도치는 자리에서 일어났어.

"오늘은 문 열고 대청소를 해야겠어. 그만 가 볼게."

고슴도치는 창문을 훌쩍 넘어 쏜살같이 돌아갔지.

땅속 집으로 가는 길에 고슴도치는 두더지를 만났어. 두더지는 어딘가로 바삐 가는 중이었어.

'저리 급히 가는 걸 보면 중요한 일이 있을지도 몰라.'

그렇게 생각하고 나니 왠지 두더지가 예뻐 보였어. 예쁘다고 생각하니 예뻐 보인 건지, 예뻐 보여서 예쁘다고 생각한 건지는 알 수 없었어.

"두더지야, 오늘 같이 저녁 먹을까?"

고슴도치가 먼저 말을 걸었어.

"좋아. 이사 와서 초대도 못 했는데, 우리 집에 놀러 와."

두더지가 반갑게 대답했어.

"나도 좋아. 이따 만나자."

고슴도치는 벌써부터 저녁때가 기다려졌어.

고슴도치가 돌아간 뒤에도 여러 동물들이 귀 큰 토끼를 찾아왔어. 뭐든 거꾸로 하는 청개구리, 자꾸 깜박깜박 까먹는 까마귀, 목이 길어 슬픈 기린……. 다들 고민을 안고 있었어.

귀 큰 토끼는 밤늦게까지 동물들 이야기에 귀를 기울였어. 고민을 해결해 주려고 생각을 많이 했더니 배도 무지 고팠어. 힘이 쏙 빠진 귀 큰 토끼는 당근 한 조각을 겨우 입에 물고 방으로 향했지. 그런데 아이코! 귀 큰 토끼의 귀가 문틀에 걸리고 말았어.

"내가 너무 서둘렀나 봐."

귀 큰 토끼는 허둥대는 바람에 귀를 부딪쳤다고 생각했어. 귀가 점점 커지는 것도 모르고 말이야.

6.
나만 못생겼어

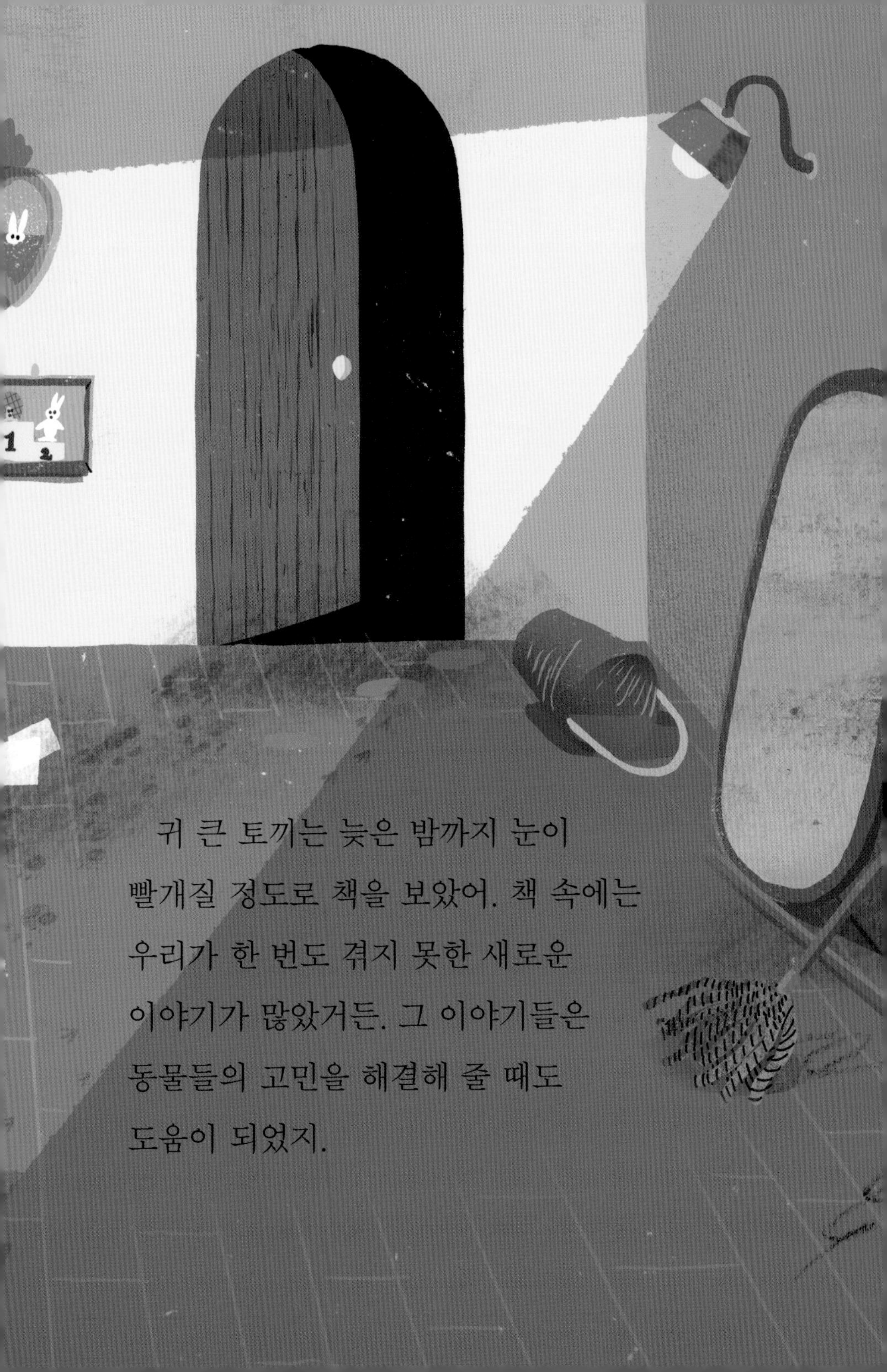

귀 큰 토끼는 늦은 밤까지 눈이 빨개질 정도로 책을 보았어. 책 속에는 우리가 한 번도 겪지 못한 새로운 이야기가 많았거든. 그 이야기들은 동물들의 고민을 해결해 줄 때도 도움이 되었지.

“꽥꽥꽥, 꽤왝.”

언제 왔는지 뒤뚱뒤뚱 오리가 곁에서 울고 있었어.

“네가 온 줄도 몰랐어.”

“내가 안 예뻐서 모른 척한 거 아니야? 꽥꽥.”

오리는 의자에 앉으며 쫑알거렸어.

“그럴 리가! 잠깐 책 속에 빠져 있었어.”

“그럼 다행이고. 문이 열려 있어서 들어왔어.”

오리가 꾀죄죄한 얼굴을 문지르며 눈물을 닦았어.

“나한테는 엄청난 고민이 있어.”

“그래, 말해 봐.”

귀 큰 토끼가 책을 덮고 귀를 바짝 세웠어.

“우리 집은 딸만 다섯이야. 언니가 넷이고 내가 막내거든. 그런데 나만 못생겼어.”

“그렇지 않아. 이 세상에 못생긴 건 하나도 없는걸.”

"아니야. 나는 정말 못생겼어."

오리가 울먹였어.

오리는 언니들보다 눈도 더 작고, 코도 더 뭉뚝하고, 입도 더 튀어나오고, 엉덩이도 더 큼직했어.

"언니들이 미운 오리랑은 안 논다고 나만 따돌려. 꽥꽥."

"언니들은 비밀이 있을 때 괜히 그러기도 해."

귀 큰 토끼가 오리를 다독였어. 하지만 오리는 엉덩이까지 들썩이며 꽥꽥 울었어.

"자꾸 울면 예쁜 얼굴도 미워질걸."

귀 큰 토끼의 말에 오리가 울음을 뚝 그쳤어.

"나 안 울었어. 안 울 거야."

"오리야, 넌 네가 얼마나 귀여운지 모르는 것 같아. 앙증맞은 눈으로 웃을 때도 엉덩이를 뒤뚱거릴 때도 무지 사랑스러워."

귀 큰 토끼는 오리를 거울 앞으로 데려갔어. 오리는 거울 속 제 모습을 한참 들여다보았지.

"그러고 보니 그런 것도 같네."

오리는 거울에서 눈을 떼지 못했어.

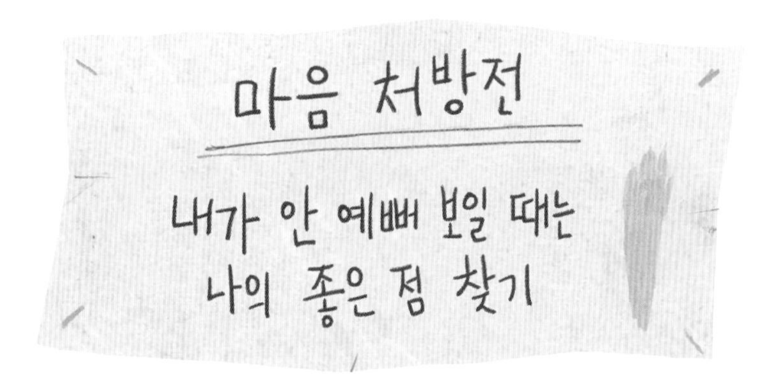

귀 큰 토끼는 잊지 말라고 마음 처방전을 건넸어.

"그런데 토끼야, 네 귀는 정말로 크다."

오리가 천장까지 닿은 귀 큰 토끼의 귀를 보며 말했어.

"그러니까 고민 들어 주는 토끼지."

"응, 너를 만나서 다행이야."

오리는 방긋 웃으며 당근을 내밀었어.

"고마워. 우리 친구……."

귀 큰 토끼가 말을 다 하기도 전에 오리는 자리에서 일어났어.

"언니들한테 얼른 내 좋은 점을 알려 줘야겠어. 그만 가 볼게."

오리는 뒤뚱뒤뚱 엉덩이를 흔들며 돌아갔지.

7.
귀 큰 토끼를 도와줘

동물들이 귀 큰 토끼의 고민 상담소 앞에 모여들었어. 지난밤 무슨 일이 벌어졌는지 귀 큰 토끼의 귀가 지붕을 뚫고 굴뚝처럼 솟아 있었거든.

"세상에나!"

이제 마음까지 동글동글해진 돼지가 말했어.

"이럴 수가!"

이제 가시 돋은 말은 하지 않는 고슴도치가 말했어.

"어떡해!"

이제 하나도 밉지 않은 오리가 말했어.

"맙소사!"

이제 모두 잠든 밤에도 심심하지 않은 고양이가 말했어.

"들, 어, 가, 보, 자."

이제 느린 걸 좋아하는 거북이가 말했어.

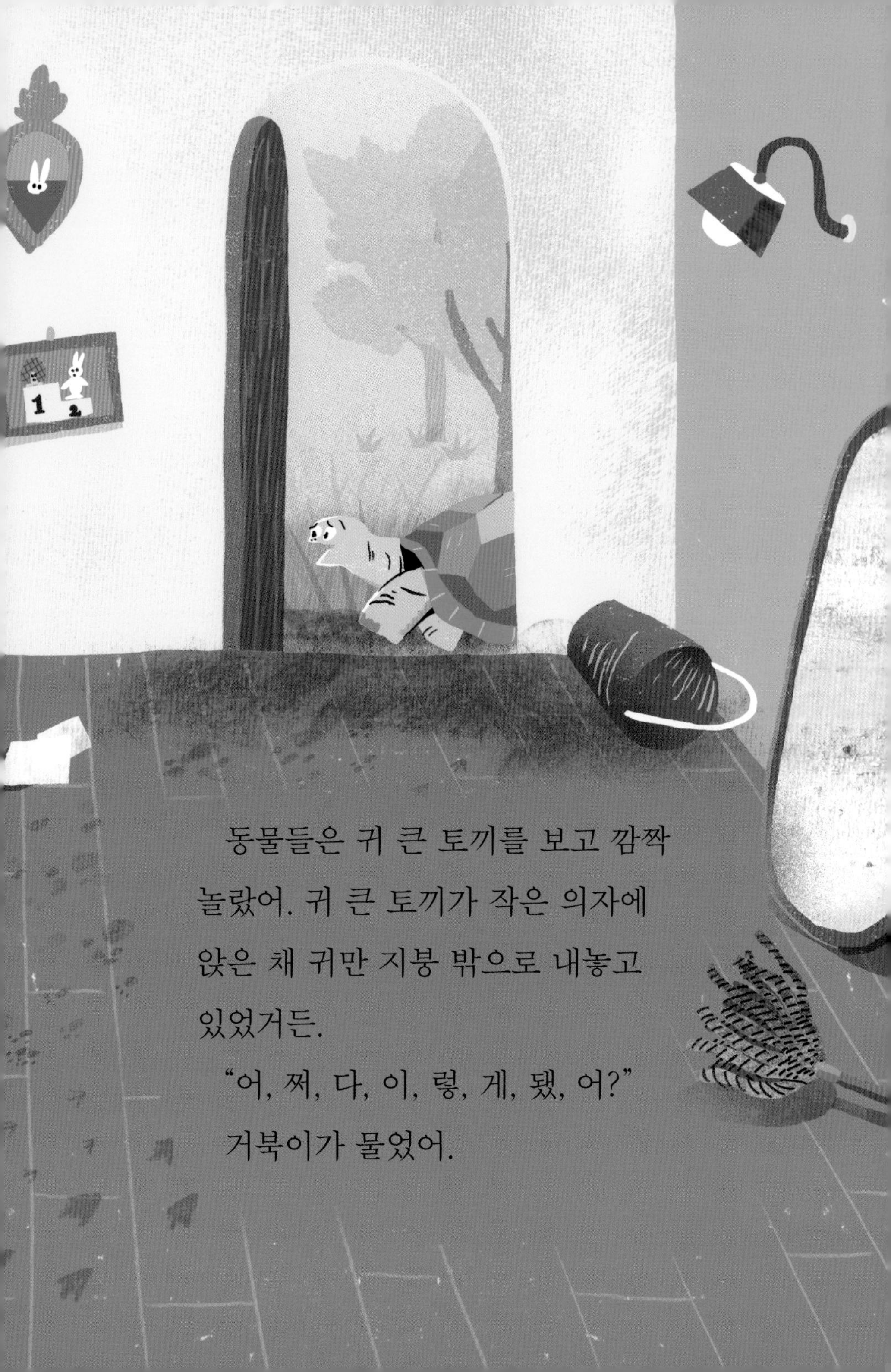

동물들은 귀 큰 토끼를 보고 깜짝 놀랐어. 귀 큰 토끼가 작은 의자에 앉은 채 귀만 지붕 밖으로 내놓고 있었거든.

"어, 쩌, 다, 이, 렇, 게, 됐, 어?"

거북이가 물었어.

“의자에서 벌떡 일어섰는데 귀가 지붕을 뚫고 나가 버렸어.”

귀 큰 토끼는 귀가 너무 커져서 옴짝달싹하지 못했어.

“처음 봤을 때보다 토끼 귀가 엄청 커졌어.”

고양이가 믿을 수 없다는 듯 말했어.

“어제 토끼 귀가 많이 크다고는 생각했어. 하지만 귀 큰 토끼니까 당연하다고 생각했지.”

오리가 한숨을 내쉬었어.

“곧 괜찮아질 거야.”

귀 큰 토끼가 동물들을 달랬어.

“우선 토끼 귀부터 지붕에서 빼 줘야 해. 그런데 지붕이 높으니까……. 우리 기린한테 가 보자.”

고슴도치의 말에 동물들은 곧장 기린을 찾아갔어.

“귀 큰 토끼를 도와줘!”

동물들이 기린을 올려다보며 외쳤어.

이제 목이 길어도 전혀 슬프지 않은 기린이 귀 큰 토끼의 귀 이야기를 듣고 앞장섰어.

"내 목은 사다리만큼 기니까 문제없어."

생쥐, 청개구리, 까마귀, 사자도 소식을 듣고 뒤따랐어.

마침내 귀 큰 토끼의 고민 상담소에 숲속 마을 동물들이 다 모였어. 생쥐와 청개구리가 기린 목에 매달려 귀 큰 토끼의 귀를 살폈지.

"다친 데는 없는 것 같아."

"휴, 다행이다."

모두 가슴을 쓸어내렸어.

8.
우리는 친구

동물들은 귀 큰 토끼를 돕기 위해 힘을 모았어. 까마귀와 생쥐는 귀 큰 토끼의 귀를 집어넣을 수 있게 지붕 구멍을 더 크게 뚫었어. 덩치가 작은 동물들은 지붕 위로 올라가 귀를 둘둘 말아 그 구멍으로 넣었지. 덩치가 큰 동물들은 집 안으로 들어가 귀 큰 토끼의 팔다리를 잡아 의자에서 일으켰어.

드디어 귀 큰 토끼는 두 귀를
늘어뜨린 채 바닥에 누울 수 있었어.
"이제 어쩌지?"
"계속 누워만 있을 수는 없잖아."
"토끼 귀가 원래대로 돌아와야 해."

동물들은 귀 큰 토끼의 귀를 줄어들게 할 방법을 생각했어.

"모자를 눌러쓰면 어떨까?"

고양이의 말대로 해 보았지만 모자는 스프링처럼 튕겨 나갔어.

"간지럼을 태우면 어떨까?"

청개구리의 말대로 해 보았지만 귀는 꿈쩍도 하지 않았어.

"가시로 콕콕 찔러 볼까?"

고슴도치의 말대로 해 보았지만 귀 큰 토끼를 아프게만 할 뿐이었어.

"미안해, 토끼야."

동물들이 한목소리로 말했어.

"아니야, 괜찮아."

귀 큰 토끼가 애써 밝은 표정을 지었지만 동물들은 웃을 수 없었어.

“우리 이야기를 너무 많이 들어 줘서 귀가 커진 것 같아.”

오리가 슬픈 얼굴로 말했어.

“내가 하고 싶은 일을 하다 그런 건데 뭐. 귀가 커서 이야기 듣는 건 누구보다 자신 있었거든. 그런데…… 솔직히 말하면…… 날마다 많은 이야기를 듣는 게 쉽지는 않았어. 귀를 쉴 새 없이 쫑긋 세워야 했거든. 그리고 귀가 점점 커져서 머리도 무거웠나 봐. 머리가 지끈지끈할 때가 많았거든.”

귀 큰 토끼가 눈물을 흘렸어.

“그, 동, 안, 혼, 자, 힘, 들, 었, 겠, 구, 나.”

거북이가 귀 큰 토끼의 어깨를 토닥여 주었어.

“말도 많이 하고 생각도 많이 하다 보니까 먹어도 먹어도 배가 고팠어. 혼자 당근을 먹는 건 정말 맛이 없는데…….”

귀 큰 토끼가 흑흑 소리를 내며 울었어.
“내가 같이 당근을 먹을 걸 그랬어.”
돼지가 귀 큰 토끼의 손을 잡아 주었어.
“자꾸 고민을 듣다 보니까 웃을 일도 자꾸 사라졌어. 내 고민에는 귀 기울일 수조차 없었고.”

귀 큰 토끼가 아기처럼 앙앙 울었어.

고양이가 말없이 다가가 귀 큰 토끼를 와락 안아 주었어.

"앞으로 나는 너희 이야기를 들어 줄 수 없을 것 같아. 그럼 이제 아무도 날 찾아오지 않을 거야."

귀 큰 토끼가 꺼이꺼이 울며 말했어.

"걱정하지 마. 이제 우리가 네 이야기를 들어 줄게."

생쥐가 소리 높여 말하자, 사자도 껴들었지.

"맞아. 우리는 친구니까."

동물들이 '우리는 친구'라고 외치며 어깨동무를 했어. 귀 큰 토끼의 눈에서 눈물이 멈추지 않았어. 하지만 이번에 흘리는 눈물은 꿀물처럼 달짝지근한 눈물이었어.

"실은 그때 말을 다 못 했는데…… 너희랑 친구가 되고 싶었어."

귀 큰 토끼의 말에 고슴도치가 대답했어.

"내 이야기만 하고 네 이야기는 들어 주지 못했구나."

"나도 그랬어."

"나도 마찬가지야."

그때 거북이가 소리쳤어.

"어, 토, 끼, 귀, 가!"

모두 귀 큰 토끼의 귀를 바라보았어. 귀 큰 토끼도 놀라서 귀를 만지작거렸지.

어느새 귀 큰 토끼의 귀가 원래대로 돌아와

있었어. 아무도 눈치채지 못했지만, 사실은 귀 큰 토끼가 마음속 이야기를 털어놓고 눈물을 흘릴 때마다 귀도 점점 작아졌어.

"내 이야기를 들어 줘서 고마워."

귀 큰 토끼가 친구들한테 말했어.

"우리도 고마웠어."

친구들이 한목소리로 대답했어.

"우리 다 같이 친구가 된 날이니까, 오늘을 축하하자."

귀 큰 토끼의 말에 친구들이 만세를 불렀어.

"축하하는 날에는 케이크가 빠질 수 없지."

귀 큰 토끼가 방에 가득 쌓인 당근들을 꺼내 왔어.

"우리 커다란 당근 케이크를 만들자!"

귀 큰 토끼와 친구들은 서로 도우며 케이크를 만들기 시작했어.

모두 함께하니 맛있는 당근 케이크가 뚝딱 완성되었지. 오늘은 귀 큰 토끼한테도 친구들한테도 세상에서 가장 달콤한 날이었어.